8 Mai 1885   V

CATALOGUE

DES

MINIATURES, BOITES

OBJETS DE VITRINE

ORFÈVRERIE

Bronzes, Cartel, Ivoires, Armes, Porcelaines, etc.

Arrivant de l'Étranger

DONT LA VENTE AURA LIEU

HOTEL DROUOT, SALLE N° 2

Le Vendredi 8 Mai 1885

A DEUX HEURES

Par le ministère de M⁰ **PAUL CHEVALLIER**, commissaire-priseur,
10, rue de la Grange-Batelière, 10.

Assisté de **M. CHARLES MANNHEIM**, expert,
7, rue Saint-Georges, 7.

EXPOSITION PUBLIQUE

Le Jeudi 7 Mai 1885, de 1 heure à 5 heures.

HOMO
ADDITVS
NATVRÆ
IMPRIMERIE DE L'ART

CONDITIONS DE LA VENTE

Elle sera faite au comptant.

Les acquéreurs payeront en sus des enchères *cinq pour cent*, applicables aux frais.

L'exposition mettant le public à même de se rendre compte de l'état des objets, il ne sera admis aucune réclamation une fois l'adjudication prononcée.

Paris. — Imp. de l'Art. E. Ménard et J. Augry
41, rue de la Victoire, 41

DÉSIGNATION DES OBJETS

MINIATURES — BOITES

1 — Miniature ovale sur ivoire, signée *Boiventin*, d'après Pellegrini : Groupe allégorique de la Peinture.

2 — Miniature ronde sur ivoire, signée *Vernet* : Portrait de femme en costume Louis XVI.

3 — Miniature ovale sur ivoire, signée *Oorlof 1832* : Portrait de femme en robe violette.

4 — Miniature ronde sur ivoire, signée : Portrait de femme, robe jaune.

5 — Miniature ronde sur ivoire, signée *Vernet* : Portrait de femme en costume Louis XVI.

6 — Miniature ovale : Portrait présumé de la marquise de Montesson.

7-8 — Miniature : Deux portraits de femmes.

9 — Miniature : Vierge à la chaise.

10 — Miniature : Portrait de femme, signé *A. de M.*

11 à 14 — Tête de Christ, portraits, peinture à l'huile.

15 — Miniature ronde sur ivoire : Jeune fille coiffée d'un chapeau de paille.

16 à 18 — Trois petits émaux : Portraits de femmes.

19 à 22 — Quatre miniatures ovales sur ivoire : Portraits de femmes, dont une signée *Latour*.

23 à 30 — Huit miniatures : Portraits de femmes, de diverses époques.

31-32 — Deux miniatures : Portrait d'homme et portrait de femme, époque Louis XV, montées dans un médaillon ovale.

33 à 44 — Miniatures sur ivoire : Portraits et sujets.

45 — Miniature ovale, gouachée : la Promenade dans le parc.

46 — Miniature ronde sur ivoire : Cléopâtre, cercle en cuivre doré appliqué sur fond de velours.

47 — Miniature ronde sur ivoire : Hérodiade, appliquée sur fond de velours.

48 — Miniature : Portrait de femme coiffée d'un chapeau à plumes.

49 — Miniature : Portrait de femme jouant avec un chien qui fait le beau.

5o — Miniature ronde sur ivoire : Jeune femme en costume du Directoire, dans un parc.

5 1 — Miniature ovale sur vélin : Jeune femme tenant un masque, dans le goût de *Raoux*.

52-53 — Deux portraits de femmes en robes rouges, fond de velours.

5+ — Miniature ovale sur ivoire : Jeune femme en costume Louis XV, robe bleue et manteau d'hermine.

55 — Miniature : Jeune femme en costume Louis XVI, couronnée de roses.

56 — Miniature rectangulaire : Portrait de femme, dans le style de *Nattier*.

57 — Miniature ovale sur ivoire, signée *L. Giocondo* : Portrait de femme, à cheveux noirs bouclés, avec collier de perles.

58 — Jeune femme avec guirlande de fleurs, jetée en écharpe.

59 — Miniature ronde : Portrait de femme et de petite fille en costume de l'Empire, d'après *Augustin*.

60 — Miniature ovale sur ivoire : Portrait de femme en robe décolletée.

61 — Miniature : Portrait de femme en toilette élégante, tenant un éventail.

62-63 — Deux miniatures : Portraits de femmes.

64 à 67 — Quatre portraits sur ivoire et sur nacre.

68-69 — Deux miniatures ovales sur ivoire : Joséphine et Marie-Antoinette.

70 à 73 — Quatre miniatures sur ivoire : Portraits de femmes.

74 — Grande miniature rectangulaire, signée *Jacques* : Portrait de femme en robe noire, tenant un bouquet de violettes.

75 à 78 — Portraits et sujets.

79 — Miniature ovale sur ivoire : Portrait de Mme de Pompadour, d'après *Latour*.

80-81 — Deux miniatures rondes sur ivoire : jeunes femmes en costume Louis XVI.

82 — Miniature ovale sur ivoire : Jeune femme, à demi nue, enveloppée d'un voile de gaze.

83 — Portrait de femme, miniature sur porcelaine ; cadre en cuivre.

84-85 — Tête de madone, Jeune femme de profil.

86 — Miniature rectangulaire : Jeune femme en
robe bleue avec écharpe rose, sur la terrasse
d'un parc.

87 — Miniature ovale sur ivoire : Jeune fille en
chapeau de paille, corsage rose et fichu blanc ;
cadre en filigrane d'argent.

88 — Grande miniature ovale sur ivoire, signée
Fiocchi : Jeune femme, en buste, avec tour
de cou en fourrure.

89 à 91 — Trois miniatures ovales.

92 à 96 — Petits émaux, boutons Louis XVI, etc.

97-98 — Deux miniatures dans des écrins.

99 à 101 — Deux boîtes rondes et une tabatière
avec miniatures.

102 — Boîte ronde, écaille brune, ornée dessus
et dessous de deux miniatures : Angélique et
Médor, l'Amour et Psyché.

103-104 — Deux boîtes, dont une avec miniature.

105 — Boîte ronde, écaille brune avec jolie miniature : la Vendange.

106 — Boîte ronde, ivoire, avec miniature : sujet.

107 — Boîte ronde avec miniature : Portrait de femme.

108 — Boîte ronde, ivoire, avec miniature : Portrait de femme en chapeau bleu.

109 — Boîte ronde en racine, ornée à l'intérieur d'une miniature, d'après Baudoin : l'*Indiscret*.

110-111 — Deux boîtes rondes, ivoire, avec miniature : Portrait de femme.

112 — Boîte ronde, poudre d'écaille violette, avec miniature : Jeune fille dans la manière de *Fragonard*.

113 — Boîte ronde, poudre d'écaille rouge, avec miniature.

114 — Boîte plate ovale, en ivoire, montée en argent, avec miniature à l'intérieur.

115 — Miniature rectangulaire : *Didon*, dans un écrin en cuir doré.

116 — Boîte rectangulaire, en émail de Saxe, décorée de sujets galants dans le goût de Watteau.

117 — Miniature ronde sur ivoire : Jeune femme, costume Louis XVI, cadre en bronze.

118 — Éventail du xviiie siècle, en ivoire, décoré au vernis genre Martin, sur les deux faces, de sujets représentant la Vendange.

119 — Feuille d'éventail, à figures mythologiques, peinte par *A. L'Écuyer*.

120 — Étui à cigares, en vernis de Brunswick.

121-122 — Deux plaques en ivoire sculpté en bas-relief : Henri IV et Marie de Médicis ; cadres en velours.

123-124 — Deux plaques en émail peint, avec emploi de paillons : portraits de princesses, en costume du xvie siècle.

125 — Boîte ronde, écaille brune, ornée au couvercle d'un petit bas-relief en cire : Vénus et l'Amour.

126-127 — Une boîte et deux médaillons : Napoléon Ier et Louis XIV

BIJOUX, OBJETS DE VITRINE

128-129 — Médaillon en marbre, médaillon en Wedgwood.

130 à 132 — Trois camées.

133-134 — Deux bagues or, l'une avec camée, l'autre avec intaille sur cornaline.

135 — Croix en émail.

136 — Petite montre de dame, en or ciselé et émaillé. Époque Louis XV.

137 — Petite montre en or, ciselé et émaillé. Époque Louis XVI.

138 — Montre en or ciselé à fruits et feuillages en relief et galon d'émail.

139 — Montre en or, la cuvette émaillé en plein, représentant Suzanne au bain.

140 — Médaillon ovale, garni de strass.

141-142 — Deux boutons doubles en or, émaillés à divinités de la Fable, et une très petite miniature : Portrait de Louis XVIII.

143 — Ivoire — Statuette de femme.

144 — Plomb — La Vierge et l'Enfant Jésus.

ORFÈVRERIE

145 — Grand plateau de forme quadrilobée, en argent gravé, à armoirie et entrelacs et orné au bord d'un ruban courant ciselé en relief.

146 — Douze coquetiers en argent, à feuillages et imbrications.

147 — Vase cylindrique, en forme de gobelet à couvercle et monté sur trois boules, en argent à ornements filigranés, enrichi de perles et de pierres de couleurs.

148 — Étui à cigares, en argent niellé; travail russe.

149 — Jolie cafetière Louis XVI, en argent repoussé et ciselé, à décor de médaillons, de guirlandes et de feuillages; elle est montée sur trois pieds, consoles renversées.

150 — Cafetière Louis XV, côtelée en spirales et montée sur trois pieds de forme contournée; le bouton du couvercle découpé à jour.

151 — Cafetière Louis XIV à pans, supportée par trois pieds et décorée à la partie supérieure d'ornements gravés en manière de lambrequin.

152 — Cafetière en argent, décorée de guirlandes de laurier et de médaillons portrait de Louis XV, en relief; elle est montée sur trois pieds-consoles à bouquets et draperie, et le bouton du couvercle est formé d'un petit vase.

153 — Deux cafetières et un sucrier Empire à arabesques, perles et mascarons têtes de satyres.

154 à 158 — Cinq pièces en argent repoussé, à coquilles, mascarons et feuillages en relief, une cafetière, un pot à crème, un bol, un flacon à thé et une brosse. — Orfèvrerie hollandaise.

159-160 — Deux petites coupes en argent gravé.

161 — Un sucrier ovale, deux salières ovales, un moutardier Louis XVI, modèle à figures d'enfants et médaillons-bustes reliés par des guirlandes.

162 — Trente-six pièces : douze couteaux, douze cuillers et douze fourchettes argent, à figurines d'amours, lyres et ornements feuillagés.

163 — Six cuillers à café à manches contournés terminés par des bustes de femmes.

164 — Pince à sucre, à bustes de bacchantes.

165 — Deux saucières oblongues adhérentes aux plateaux, de forme côtelée et à deux anses.

166 — Petit plateau ovale décoré d'une scène pastorale ; le marli à groupes de fruits.

167 — Bas-relief rectangulaire en argent, représentant une Bacchanale.

168 — Boîte ayant la forme d'un écu, à l'effigie de souverains allemands.

169 — Porte-cigares en argent gravé et doré en partie.

170 — Baguette de pistolet, à manche d'argent ciselé.

171-172 — Tire-bouchon et couteau.

173 — Couteau de chasse à poignée d'ivoire et garniture en argent.

174 — Huilier Louis XVI en argent, à galeries et guirlandes de laurier.

175 — Petite cafetière Louis XV en argent repoussé, joli modèle à ornements rocaille et feuillages ; le couvercle surmonté d'une graine.

176 — Petit sucrier, monté sur pieds-consoles à bouquets et draperie et décoré de guirlandes et de médaillons-bustes. Le couvercle est surmonté d'un vase (même modèle que le numéro 152).

177 — Tasse avec son plateau et un coquetier en vermeil, de l'Empire, ciselé à feuilles d'eau.

178 — Plat ovale en argent repoussé, bords à contours et ornements rocaille, marli gravé. Travail allemand.

179 — Plat ovale, analogue au précédent.

180 — Huit salières en argent, en forme de traî-
neau poussé par un patineur.

181 — Deux dessous de carafes, à galerie en argent découpé, festons de pampre.

182 — Grand plat ovale en argent repoussé représentant un groupe de combattants à pied et à
cheval, au bord d'une rivière ; sujet en haut-
relief entouré d'une bordure à quatre compar-
timent: scènes militaires, encadrées de rocail-
les, de rinceaux et de guirlandes. — Orfèvrerie allemande.

183 à 184 — Deux petites tasses à une anse, en
argent gravé.

185 — Petit canon monté sur affut, en argent.

186 — Deux gobelets en forme de personnages
à jupes couvertes d'arabesques.

187 — Perroquet sur son perchoir, en argent.

188 — Sept planches de cuivre gravé, de l'école
allemande.

PORCELAINES, BRONZES, ARMES, OBJETS VARIÉS

189 à 192 — Quatre figurines: divinités de la
fable, en porcelaine.

193 — Petit plateau en porcelaine décorée,

194 — Plateau carré en Saxe, à décor de fleurs et d'oiseaux, et marli ajouré.

195 à 198 — Quatre groupes en Saxe : l'Enlèvement d'Europe, l'Ivresse de Silène, le Déjeuner, Bacchus et Ariane.

199 — Deux figurines : Joueur de vielle et Danseuse.

200 — Figurines : Vénus et l'Amour. Porcelaine d'Allemagne.

201 — Deux statues en bronze : les Enfants au nid, d'après Pigalle.

202 — Groupe allégorique en bronze : la Peinture, la Sculpture, la musique, et le Génie des arts.

203 — Buste en bronze : Diane de Poitiers.

204 — Statuette de gladiateur, bronze à patine noire.

205 — Bronze chinois : Divinité accroupie.

206 — Deux potiches en émail cloisonné du Japon, à décor d'oiseaux sur fond turquoise avec encadrements.

207-208 — Deux épées.

209 — Armure persane en damas gravé à figures

et ornements et damasquiné d'or. Casque, rondache, plaques de poitrine; brassard, cotte de mailles, etc.

210 — Hache persane, gravée et dorée.

211-212 — Deux coffrets Louis XIII en fer.

213 — Plâtre : Deux statuettes de moines.

214 — Groupe du Laocoon avec ses enfants, en serpentine d'Italie.

215-216 — ALBATRE. — Deux statuettes : Appollon, la Vénus au Dauphin.

217 — BISCUIT DE PORCELAINE. — Deux statuettes de baigneuses.

218 — PLATRE. — Deux statuettes : Vénus et Baigneuse.

219 — PORCELAINE. — Statue représentant Léda.

220 — Porte-montre rocaille en cuivre.

221 à 227 — Tasses et soucoupes, etc., en porcelaine décorée de Saxe, etc.

228 — Coffret en porcelaine, décorée à figures mythologiques, genre Capo di Monte.

229 — Aiguière et son plateau, même porcelaine.

230 — ALBATRE. — Groupe représentant la Danse.

231 — Grand cartel en bronze ciselé et doré, à figures mythologiques, rinceaux et tiges de fleurs.

232-233 — Deux coupes persanes, métal gravé et étamé.

234-235 — Deux groupes en ivoire sculpté. Travail japonais.

236 — Boîte hexagonale en laque rouge de Pékin.

237 — Coupe en cuivre d'après Benvenuto.

238 — Couvert à dessert, trois pièces en vermeil.

239 — Coupe ovale, en argent repoussé à fleurs.

240 — Lot de cadres et verres de miniatures.